시 먹는 돼지

시 먹는 돼지

꼬마 준철이의 유쾌한 동시 모음

김준철

이른아침

『시 먹는 돼지』
순수한 동심으로 생명을 노래하다

무진 곽옥희 / 시인

『시 먹는 돼지』
살아 있는 동심으로 가꾼
자작시집 한 권이 세상으로 나온다.
경이로운 순간이다.

"마음이 이슬처럼 맑은 아이는
꽃들의 속삭임을 들을 수 있어요."

꼬마 시인 준철이의
생명을 향한 작은 외침이
우리 사는 세상에
따뜻한 울림이 되리라.

요즘 아이들
그 위태로움 속에서
꼬마 시인 준철이의 시적 감성이야말로
고운 심성 다지기와 정서 순화에
찬사를 보내고 싶다.

6학년 졸업을 앞둔 준철이에게
유년 시절 자기만의 스토리로 엮어낸
멋진 시집 한 권
뿌듯한 역사가 아닌가.
생명 다큐 사진작가인 아버지와
다양한 삶을 노래하는 수필가 어머니 곁에서
풍요로운 정서적 배경과
생명을 사랑하고 존중하는 마음 절로 배여
준철이의 마음 밭에는.

어머나!
죽은 줄만 알았던 쥐똥만 한 씨앗,
불쌍해서 땅에 묻어주었더니,

파릇파릇한 싹이 돋으면서
새로운 모습으로 다시 살아났네!

(씨앗 부활)

하찮게 여겨지는 것들도
준철이의 손길이 닿으면
새 생명으로 부활하는 영광을 누린다.
머릿속 생각이 아닌
경험에서 얻어낸 값진 열매
그게 바로 한 편의 시가 된다.
어느 봄날 춘설에 쩔쩔매는
콧물 흘린 진달래를 바라보며
감기에 걸린 작은형을 기억하는
따뜻한 마음이 뭉클하다.

집에 엄마가 없으면
이 세상에 오직 나 혼자 뿐인 것 같다는
아직은 엄마의 품이 그리운 꼬마 시인.

그러나
부모님과 함께 떠난
성 글라라 수녀원 침묵 피정에서

"너무 고요해
오히려
내 귀에서는 시끄럽다"며
침묵을 당돌하게 두려워할 줄 아는
어린 영혼의 인내 앞에서 두 손을 합장하게 된다.

우주는 크다.
하지만 내 머릿속보단 작다.

내 머릿속엔 세상 모든 게 들어간다.

(호수에서)

꼬마 시인 준철이는
파란 하늘이 잠겨 있는 호수를 바라보며
"내 머릿속엔 세상 모든 게 들어간다"라고
감히 말했다.

삼 년 전
처음 글을 만나
그 기발한 발상과 솔직한 표현에 반하고
생명을 대하는 순수한 마음이 곱고 예뻐서
한 편 한 편 시 감상으로 응원을 해주었는데
체험을 통한 글감으로 진짜 생각을 뽑아낸
그 어린 열정이 고맙고 대견하다.

분명 자라면서
더 많은 사람을 사랑하고
더 많이 뭇 생명을 존중하면서
찬란한 모습으로
세상을 향한 용기와 선택으로
희망이 되어주리라 여겨진다.

| 차례 |

순수한 동심으로 생명을 노래하다_ 시인 무진 곽옥희 ** 4

1부 엄마 없는 날

엄마 없는 날 ** 12

어금니, 넌 죽었다 ** 13

공부가 제일 쉬웠어요 ** 14

시골집 아궁이에서 ** 15

은행 털기 ** 16

그냥 잠들어버렸다 ** 17

시험 ** 18

내 똥 먹는 날 ** 19

사우나에서 ** 20

임원 선거 ** 21

신종 플루 ** 22

흰머리 천국 ** 23

우리집 주특기 ** 24

우리집 정수기 ** 25

쭈글쭈글 주름 ** 26

2부 섬진강 물수제비

섬진강 물수제비 ** 28

순천만 갈대와의 대화 ** 29

조각배 ** 30

더위사냥을 먹으며 ** 31

침묵 ** 32

자연신호등 ** 33

막걸리 한 잔 ** 34

진달래 콧물 ** 35

연꽃 ** 36

3부 새대가리 비둘기

새대가리 비둘기 ** 38

호수에서 ** 39

씨앗의 부활 ** 40

물고기들의 춤 ** 41

나팔꽃 ** 42

이슬 소나무 ** 43

달 ** 44

자기나무 ** 45

겨털꽃 ** 46

소나기 ** 47

눈보다 귀로 먼저 온 가을 ** 48

가을의 첫인사 ** 49

자연의 밥 ** 50

단풍 ** 51

착한 도둑 ** 52

가로등 위 나무 ** 53

허리 꺾인 소나무 ** 54

집에서 ** 55

화장실에서 ** 56

출간을 축하하며 ** 58

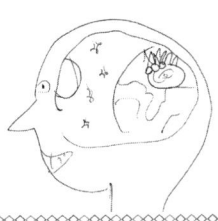

1부
엄마 없는 날

엄마 없는 날

집에 들어와 엄마가 없으면,
전화기부터 찾는다.

엄마가 전화를 받지 못하면,
세상에 나밖에 없다는 생각이 든다.
그리고 눈물이 찔끔!

TV를 켜고 컴퓨터를 하지만,
온통 전화기에만 신경을 쓴다.
"미안해, 엄마가 진동으로 해놔서 못 들었어"
그제서야 마음이 놓인다.

이제 컴퓨터 속으로
푹 빠져들자!

어금니, 넌 죽었다

두려운 마음,
무거운 발걸음.
도살장에 끌려가는 돼지처럼,
엄마 손에 끌려 치과에 갔다.

입을 찢어지게 벌리고,
손가락에 전기파가 오고
고막이 찢어지도록 소름끼치는 기계소리,

드디어 올 것이 왔다.
...
어금니야, 우린 죽었다.

공부가 제일 쉬웠어요

이글이글 타오르는 뙤약볕에서
콩을 심었다.

땅에 구멍을 파고
콩모종을 두 개씩 심는데
너무 힘들어서
한 곳에 열 개를 심고 싶었다.

현기증이 나고,
어지러워졌다.

쉬어도 쉬어도
땀방울이 멈추질 않았다.

공부를 할 때는
너무 하기 싫었는데…

공부가 제일 쉽다.

14

시골집 아궁이에서

시골집 아궁이에서
빈 콩깍지를 태우니,
탁탁탁!
콩이 귀로 떼구루루 굴러온다.

마른 깨깍지를 태우니
톡톡톡
깨가 귀로 솔솔 들어온다.

나중에 엄마가 귀지를 파줄 때,
콩과 깨가 막 나오겠다.

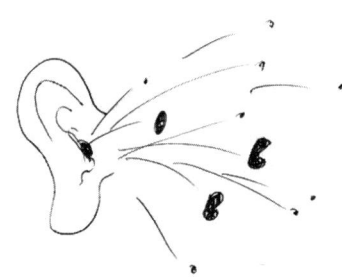

은행 털기

하늘에서 똥비가 내린다.

저건 아빠 술안주
이건 할머니 용돈
요건 내 간식

냄새는 구리구리하지만
내 기분은 상큼달콤

그냥 잠들어버렸다

밤 11시,
숙제는 산더미,
온몸은 파김치.

엄마는 숙제하라 숙제하라,
아빠는 늦었다 자라 자라.

눈감고
자는 척 하다
잠들어버렸다.

시험

시험공부 할 땐
딴짓이 재미있다.

시험 볼 땐
눈은 뛰용뛰용,
심장은 두근두근,
배는 울렁울렁,
다리는 후들후들.

시험이 끝나면,
모든 것이 시원시원,
안 놀면 큰일 날 것 같다.

내 똥 먹는 날

"준철아 네 똥 나왔다!
이리 와서 똥 먹어!"

"어… 엄마 이걸
어떻게 먹어야지…?"

"그냥 입에 넣고
맛을 음미하면 되지"

송편을 찌던 엄마가 주신
내가 만든 똥 모양 송편,

그 안에 들어 있는 깨처럼
나중에 내 똥에도
깨가 들어 있겠지?

사우나에서

어릴 적,
아빠가 뜨거운 탕에서
"아~ 시원하다"

정말 시원한 줄 알고 들어가 보니,
"앗~ 뜨거!!"

이제는
뜨거운 탕에서 나도 모르게
"아~ 시원하다"

...
나도 이제 다 컸나 보다.

임원 선거

손은 후들후들, 다리는 절절
임원 선거 시간이다.

부회장을 하겠다고 마음먹고
손을 들었다.

귀를 틀어막고 눈을 감고,
'내가 되라 내가 되라'
빌었다.

눈을 떠보니,
내가 부회장이다.
아싸~~~~!!

신종 플루

모두 집합!
신종 플루가 말한다.

학교도, 학원도 안 가고
그동안 자기 일에 바쁜 식구들이
모두 한자리에 모였다.

신종 플루가 무섭지만
그래도 고맙다.

   – 작은형이 신종 플루에 걸려서 작은형이랑 나랑 모두 학교,
    학원에 안 가고 아빠도 회사에 안 가셨다.

흰머리 천국

아빠 머리는 흰머리 천국
이놈들 다 지옥 보내야지.

똑!
똑!
똑!

아참,
그러다 아빠가 대머리 되면 어쩌지?

우리집 주특기

잠을 잘 때,
아빠는 방귀를 뀌고
엄마는 코를 골고
큰형은 침을 흘리고
작은형은 이갈이와 잠꼬대를 한다.

그래도,
나는 우리집 식구가 제일 좋다.

우리집 정수기

우리집 정수기는 늘 배가 고프다.
컵을 대기만 해도 꼬르륵~꼬르륵
물이 빠져나가 배고픈가 보다.

정수기는 배고파서
꼬르륵 꼬르륵,
나는 배불러서
끄으윽~끄윽.

쭈글쭈글 주름

할머니, 할아버지는
주름이 많이 있으시다.

주름은 왜 생길까?
늙어서?
아냐 아냐,
일을 많이 해서 그럴 꺼야.

그럼 내 배에는 왜 주름이 생길까?
수고했다, 배야.
너도 일을 많이 했구나.

2부
섬진강 물수제비

섬진강 물수제비

반짝반짝반짝
섬진강에는 낮에도 별이 뜬다.
그 눈부신 별들 위로 물수제비가 날아다닌다.

아빠 물수제비는 통통통통통통
별을 타고 잘도 날아다니지만,

내 물수제비는
별 하나 삼키고 꼬르르륵~

나 닮아서 수영하는 것보다
먹는 게 더 좋은가 보다.

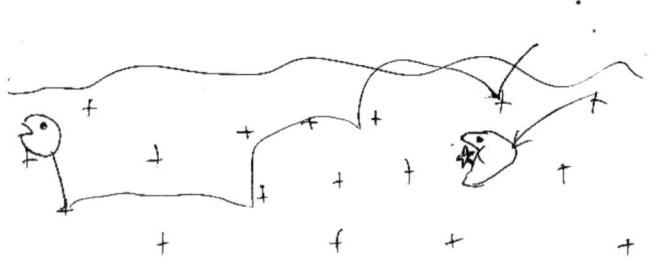

순천만 갈대와의 대화

갈대가 바람에
몸부림치며
내게 말을 건다.

내가 추울 때면
갈대도
쉭~
'아이 추워~'

배가 고파오자
갈대도
쉭~ 쉭~
'아이~ 추워~'
'아이~ 배고파'

돌아오는 길,
쉭~ 쉭~ 쉭~
'아이~ 추워'
'아이~ 배고파'
'아이~ 다리 아파'

조각배

우포늪에서 조각배를 탄 나,
조각배가 흔들릴 때마다
하늘도 흔들흔들, 내 마음도 흔들흔들.

늪에서 배가 멈췄다.
생이가래 물거미 가시연…
드디어 보이기 시작했다.

우포늪에 사는 생물들은 좋겠다.
집이 넓고 그 안에 친구들이 많으니까.

더위사냥을 먹으며

더위가 가시고
추위가 오시네

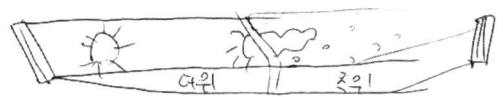

침묵

너무 고요해
오히려
내 귀에서는 시끄럽다.

　－성 글라라 수녀원에서

자연 신호등

벼는 초록색 신호등
빨리빨리 자라라고 초록색

꽃은 빨간색 신호등
벌과 나비가 멈추라고 빨간색

막걸리 한 잔

곰배령에서
엄마가 권해주신 막걸리 한 잔.

주저하다 마셔보니
닭살이 오돌도돌
뱃속은 꾸물럭꾸물럭
트림이 꺼~억,

기분이 점점 좋아지더니
나도 모르게 흥얼흥얼
어깨는 들썩들썩
막걸리 한 잔에 그냥 망가져 버렸다.

막걸리는
나를 변화시키는 이상한 마술사

진달래 콧물

하얀 눈을 뒤집어쓴 진달래가
감기 걸렸나 보다.

고개를 떨구고
콧물을 질질 흘리고 있다.

우리 작은형도 진달래 같다.
봄이라고 얇은 옷 입고
돌아다니다가 콧물을 질질 흘린다.

– 봄에 눈이 내린 화절령에서

연꽃

물 위로 얼굴 빼꼼 내민 연꽃.
뭐가 그리 궁금한지,

해가 연꽃을 보니,
연꽃은 부끄러워 닫아버린다.

해가 오해를 할 것 같다.
자기를 싫어하는지,
자기를 좋아하는지
해는 참 궁금할 것 같다.

3부
새대가리 비둘기

새대가리 비둘기

비둘기가 전깃줄에 앉아,
구구단을 외운다.

구－구－구구 구－구－구구
($9 \times 9=99$ $9 \times 9=99$)

$9 \times 9=81$이야 다시 해봐

구－구－구구 구－구－구구
($9 \times 9=99$ $9 \times 9=99$)

역시 비둘기는 새대가리

호수에서

호수는 크다.
하지만 지구보단 작다.

지구는 크다.
하지만 우주보단 작다.

우주는 크다.
하지만 내 머릿속보단 작다.

내 머릿속엔 세상 모든 게 들어간다.

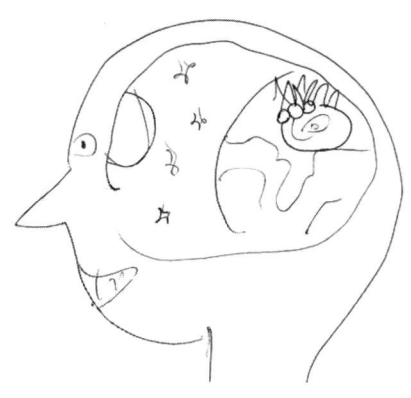

씨앗의 부활

어머나!
죽은 줄만 알았던 쥐똥만 한 씨앗,
불쌍해서 땅에 묻어주었더니,

파릇파릇한 싹이 돋으면서
새로운 모습으로 다시 살아났네!!

물고기들의 춤

물고기들이 랩을 하는지,
물고기들이 춤을 추는지

살랑살랑 뻐끔뻐끔

힘내라고 먹이를 줬더니
뻐끔뻐끔

배고팠던 건지
춤 추고 싶었던 건지
랩 하고 싶었던 건지

그건 아무도 모른다.
오직 물고기만 알 뿐…

나팔꽃

어디서 날아왔니
베란다 밖 화분
나팔꽃

태풍 두 번
지독한 찜통 무더위
이기고

맑게 갠 하늘처럼
푸른 꽃을 피운
나팔꽃

이슬 소나무

소나무들이 하늘에게 졸랐는지,
소나무들이 잎마다 하나하나
이슬방울을 달고 있다.

처음에는 가지고 있지만,
1~2분 후면 다 컸는지 이슬방울을 버린다.

우리와 똑같다.
어릴 땐 인형을 좋아하지만
어른이 되서는 버린다.

달

보름달은 하느님이 사오신 둥근 빵

반달은 하느님이 아들 주려고 반 자른 것

초승달은 하느님이 한입 베어 물은 빵

…
나도 먹고 싶다…

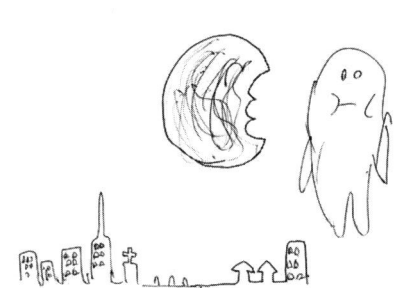

자기나무 (자귀나무)

낮에는 떨어져 있지만
밤에는 무서운지 서로 붙어 있는 자귀나무잎

나와 똑같다.
나도 무서우면 엄마 품에 붙어 있는다.

자귀나무 별명은 자기나무
왜냐면 밤에는 자기야~ 하는 것처럼
붙어 있기 때문이다.

겨털꽃

베란다 화분에 심은 봉숭아 씨앗.
날마다 물 주고 인사하던 어느 날,

잎 밑에 매달려 핀 붉은꽃이
아빠 겨드랑이에 자란 '겨털' 같다.

아빠 겨드랑이 털풀은 꾸리꾸리
봉숭아 겨털꽃은 향긋향긋.

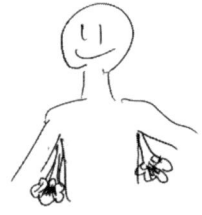

소나기

구름이 창백해진다.
찔끔찔끔 한 방울 흘리다가
드디어 오줌보가 터졌다!
쏴아아아악!!!

하늘도 시원하겠다.

눈보다 귀로 먼저 온 가을

안경을 놓고 나왔다.
아빠와 산책을 나갔는데
앞이 잘 안 보인다.

안 보일 바에 눈을 감고
아빠 손을 잡으며 걸었다.

그러자 갑자기 안 들리던 소리가
여기저기에서 들려왔다.

귀뚤귀뚤 귀뚜라미소리
찌르찌르 풀벌레소리

눈보다
귀가 가을을 먼저 느꼈다.

가을의 첫인사

맴맴맴맴
그 많던 매미들은 어디로 가고,
또르르또르르
풀벌레가 가을을 인사한다.

자연의 밥

해 질 무렵,
낙엽에서 구수한 밥 냄새가 난다.
밟을수록 더 구수하다.
이 밥은 누구를 위한 밥일까…?

나도 배가 고파진다.
지금쯤 집에서도 구수한 밥 냄새가 나겠지.

단풍

빨강, 노랑, 주황…
나무들이 멋을 내려고
갈아입은 멋있는 옷.

추위에 떨며 뽐내고 있는데
바람이 샘이나 옷을 벗겨버린다.

바람은 심술쟁이.

착한 도둑

담쟁이덩쿨은
착한 도둑

시멘트 담벽을
날마다 슬금슬금

답답한 회색을
싱그러운 연두색으로 칠한다.

가로등 위 나무

저기요…
불 좀 꺼주세요.

지금 잘 시간인데
지금 자야 되는데

너무 밝아서
잠이 안와요.

허리 껶인 소나무

이크!
겨울까지 욕심을 내고
남보다 따뜻하게
푸른 이불을 덮고 있다가

폭설 한방에
허리가 꺾여버렸네

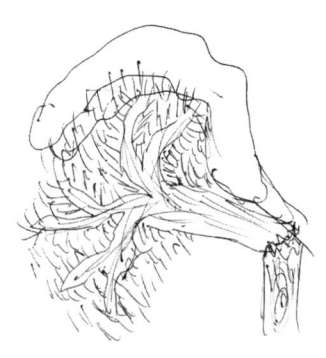

집에서

난 집에서 뒹굴뒹굴 하지요.
난 집에서 텔레비전을 찌릿찌릿 보지요.
난 집에서 밥 먹을 때 느릿느릿 먹지요.

집은 자유지요,
그래서 집이 좋지요.

– 일곱 살 때 유치원에서 지은 시

화장실에서

화장실에서 소리가 나네

뿌지직 뿌지직 쏴아아아~
똥이 내리는 소리 났네
물을 내리는 소리 났네

쪼르륵 쪼르륵~
쉬 싸는 소리 났네

- 일곱 살 때 유치원에서 지은 시

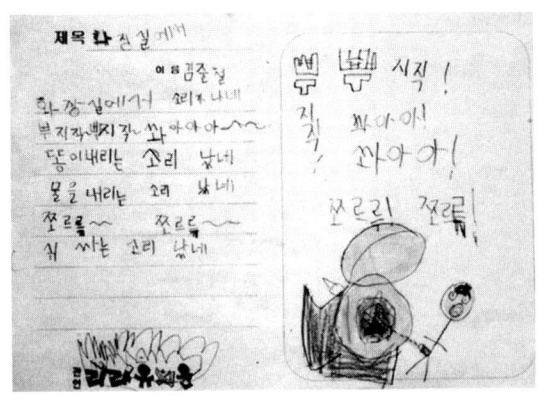

56

『시먹는 돼지』 출간을 축하하며…

유난히 크고 맑은 눈을 껌벅이며
호기심 가득한 눈으로 세상을 바라보던 준철.
아빠가 산책길에서 만난 생명의 친구들을 사진으로
담아내는 동안 너는 맑고 투명한 눈으로 그들을
마음속에 담았었지.

"아빠 저것 좀 봐!"
어느 봄날, 네가 가리킨 곳에서는 흙 한 줌 찾아볼 수
없는 보도블록 사이로 노란 민들레가 피어 있었지.
차가운 시멘트 틈에서 추운 겨울을 이기고 피어난
민들레는 마치 노란 햇살처럼 잿빛 도시를 환하게
비추는 듯했어.

너는 대단한 보물을 발견한 듯 쭈그리고 앉아
민들레를 한참 동안이나 바라보았었지.
그 모습이 어찌나 아름답고 귀엽던지….
그때 아빠는 너의 모습을 보면서 아무도 알아주지
않아도 자기 빛깔과 향기로 피어올라 주위를 환하게
만드는 그런 민들레 같은 사람이 되기를 원했단다.

안경을 놓고 아빠와 산책을 나갔을 때였어.

안 보일 바에 눈을 감고
아빠 손을 잡으며 걸었다.
그러자 갑자기 안 들리던 소리가
여기저기에서 들려왔다.

(「눈보다 귀로 먼저 온 가을」 중에서)라고 시를 쓰기도
했지.

준철이 시 한 편 한 편 속에는 함께 했던 그날의 감동과
따뜻함이 그대로 배어 있구나.
아빠 허리만큼 하던 키가 지금은 엄마와 견줄 만큼
커버린 준철, 봄날처럼 훌쩍 가버린 날들이 아쉽지만
그래서 지금도 너의 시를 대하면 입가에 미소가
저절로 피어난단다.

준철아.
시집을 만들어주겠다던 약속을
늦게나마 지킬 수 있어 기쁘구나.
작지만 아름다운 이 시집이 앞으로 세상을 살아갈
준철이의 앞날에 희망의 꽃을 피울 수 있는 작은
씨앗이 되었으면 한다.

너의 앞길에 펼쳐질 설레임을 위하여

2012년 2월 아빠가

시 먹는 돼지

1판 1쇄 인쇄 2012년 2월 10일
1판 1쇄 발행 2012년 2월 15일

지은이   김준철
펴낸이   김환기
펴낸곳   도서출판 이른아침

주 소   서울시 마포구 마포동 324-3 경인빌딩 3층
전 화   02-3143-7995
팩 스   02-3143-7996
등 록   2003년 9월 30일 제 313-2003-00324호
이메일   booksorie@naver.com

ISBN   978-89-93255-87-4 03810
정 가   6,000원